O ZUM ZUM ZUM DAS LETRAS

Silvana Tavano

projeto gráfico e ilustrações de Guto Lacaz

1ª edição
São Paulo

≣III Moderna

© SILVANA TAVANO, 2012

☰lll Moderna

COORDENAÇÃO EDITORIAL	Maristela Petrili de Almeida Leite
EDIÇÃO DE TEXTO	Carolina Leite de Souza
COORDENAÇÃO DE PRODUÇÃO GRÁFICA	Dalva Fumiko
COORDENAÇÃO DE REVISÃO	Elaine Cristina del Nero
REVISÃO	Elaine Cristina del Nero
COORDENAÇÃO DE EDIÇÃO DE ARTE	Camila Fiorenza
ILUSTRAÇÕES E PROJETO GRÁFICO	Guto Lacaz
DIAGRAMAÇÃO	Vitória Sousa
PRÉ-IMPRESSÃO	Helio P. de Souza Filho, Marcio H. Kamoto
COORDENAÇÃO DE PRODUÇÃO INDUSTRIAL	Wilson Aparecido Troque
IMPRESSÃO E ACABAMENTO	Corprint Gráfica e Editora Ltda.

Dados Internacionais de Catalogação na Publicação (CIP)
(Câmara Brasileira do Livro, SP, Brasil)

Tavano, Silvana
   O zum-zum-zum das letras/ Silvana Tavano.
projeto gráfico e ilustrações Guto Lacaz.— 1. ed. .—
São Paulo : Moderna, 2012. — (Coleção veredas)

   1. Alfabeto – Literatura infantojuvenil
I. Lacaz, Guto. II. Título. III. Série.

11-14221   D-028.5

ISBN 978-85-16-07498-2

Índices para catálogo sistemático:
1. Literatura infantojuvenil   028.5

Reprodução proibida. Art.184 do Código Penal e Lei 9.610 de 19 de fevereiro de 1998.

Todos os direitos reservados

EDITORA MODERNA LTDA.
Rua Padre Adelino, 758 - Belenzinho
São Paulo - SP - Brasil - CEP 03303-904
Vendas e Atendimento: Tel. (11) 2790-1300
Fax (11) 2790-1501
www.modernaliteratura.com.br
2012

Para
Janette com seus dois Tês,
May e seu Ipsilon,
Lili com todos os Éles e pontos nos Is,
Carla e seu Cê com jeitão de Ká,
as primeiras a ouvir o zum-zum-zum das letras.

"Trotou, trotou e, depois de muito trotar, deu com eles numa região onde o ar chiava de modo estranho.

– Que zumbido será esse? – indagou a menina. – Parece que andam voando por aqui milhões de vespas invisívcis.

– É que já entramos em terras do País da Gramática – explicou o rinoceronte. – Estes zumbidos são os Sons Orais, que voam soltos no espaço.

– Não comece a falar difícil que nós ficamos na mesma – observou Emília. – Sons Orais, que pedantismo é esse?

– Som Oral quer dizer som produzido pela boca. A, E, I, O, U são Sons Orais, como dizem os senhores gramáticos.

– Pois diga logo que são letras! – gritou Emília.

– Mas não são letras! – protestou o rinoceronte. – Quando você diz A ou Ó você está produzindo um som, não está escrevendo uma letra. Letras são sinaizinhos que os homens usam para representar esses sons. Primeiro há os sons, depois é que aparecem as letras, para marcar esses sons. Entendeu?

(Monteiro Lobato, Emília no País da Gramática)

Sumário

1. O convite do senhor Alfabeto 9
2. A, o abre-alas! 13
3. A bronca do Bê 17
4. As complicações do Cê 21
5. A descoberta do Dê 25
6. E sem encrencas 29
7. Efe, o feliz 33
8. Gê, o amigão da galera 37
9. Agá e suas chateações 41
10. A investigação do I 45
11. Os gorjeios do jovem Jota 49
12. As queixas do Ká 53
13. A lábia do Éle 57
14. Eme: mais e melhor é com ele mesmo! 61

15. As tensões do Ene 65
16. As homenagens do Ó 69
17. Pê e a paixão por si próprio 73
18. As questões do Quê 77
19. O problema do Erre 81
20. Os disfarces do Esse 85
21. Tê totalmente sem traumas 89
22. As neuras do U 93
23. A vantagem de ser Vê 97
24. Três vezes Dáblio 101
25. O chororô do Xis 105
26. Ipsilon, o sofisticado 109
27. A zanga do Zê 113

Vinte e seis letras e nenhuma palavra?!? 116

1. O convite do senhor Alfabeto

Queridas letras, peço um minuto de atenção, por favor. Tenho uma grande novidade para todas vocês!

Mas, calma! Mal comecei a falar e já estou vendo alguns sinais se contorcendo de aflição... Sosseguem, não se trata de mais um Acordo Ortográfico ou algo do gênero. Na verdade, não aconteceu nada de excepcional, *ainda*. Não pretendo fazer suspense, porém, gostaria de dizer algumas palavras antes de chegar ao ponto.

Este grupo notável vive em minha casa há séculos e, se depender de mim, nunca faltará um espaço exclusivo para cada uma de vocês. Afinal, é uma grande honra hospedar as vinte e seis letras do clã da Língua Portuguesa! Aqui, todas sempre terão o seu lugar, e aí está o trio Ká, Dáblio e Ipsilon para comprovar o que digo: mesmo durante o longo tempo em que seus quartos permaneceram oficialmente fechados, nunca neguei abrigo quando um deles precisou atender ao chamado de algum Nome Próprio ou de uma Palavra Estrangeira. E quando ficou decidido que os três voltariam a morar conosco, seus aposentos foram reabertos imediatamente!

Enfim, nossa família é grande e convivemos na maior harmonia porque todos respeitam as regras da casa. Sei o quanto vocês gostam de tagarelar quando saem por aí aos pares, em turma ou mesmo sozinhas para ir ao encontro de seus respectivos sons. Acompanho esse vaivém com muito interesse e não canso de me surpreender com tudo o que este fabuloso abecedário inventa pelo mundo afora. Por outro lado, debaixo do meu teto vocês se comportam de modo exemplar, rompendo o silêncio apenas quando são convocadas a dizer o próprio nome.

É exatamente assim que deve ser, mas...

Bem, chega de blá-blá-blá e vamos logo à grande surpresa do dia! Planejei fazer uma farra extraordinária nesta casa sempre tão organizada. Isso mesmo: uma FESTA! Convidei todos os fonemas e a partir de agora o som está liberado para que vocês falem à vontade! Não é uma ideia genial? Percebo que muitas já estão olhando para os pontos de exclamação que acabam de chegar... Vamos lá, não se acanhem! Hoje as letras têm autorização para sair da linha! Proponho que todas façam um breve discurso para começar, que tal? Mas, atenção, uma de cada vez e seguindo a sequência habitual – não precisamos exagerar na bagunça...

Então, vamos lá! Estou ansioso para ouvir o que vocês têm a dizer!

A
ÃO AN AM

2. A, o abre-alas!

Alô, alô, caras colegas! Anuncio a abertura desta animada algazarra! A ocasião é particularmente interessante – afinal, nunca aconteceu algo parecido: uma festa exclusiva das letras, e com os fonemas à disposição pra falarmos até cansar? É uma oportunidade sensacional! Esta reunião será marcante e... reveladora. Acredito que algumas aproveitem a chance pra reclamar, já que nossa grande família dá origem a todas as palavras e também – verdade seja dita – a milhares de dúvidas, além de... *ahã*... Fofocas. Muitas fofocas! Imagino que certas colegas sintam inveja da minha popularidade, já que sou a mais usada do clã. Não é papo furado, não! Pra comprovar, basta olhar TODAS as palavrinhas aí em cima. Bem, praticamente todas. Apenas o E aparece quase tanto quanto eu, ocupando a segunda posição desse ranking e apesar disso... Pode ser boato, não sei, mas vieram me contar que ele fica chateado porque também é a segunda vogal. Poxa, não tenho culpa de ser a primeira da turma aqui e praticamente em todos os alfabetos do planeta!

Amigas, aqui vai meu recadinho: essas disputas não levam a nada! De minha parte, acho bacana estar sempre perto do E, na alegria e na tristeza, nas manifestações de afeto e na amizade. Nossa vida é feita de parcerias! É claro que adoro ser a letra que anuncia o amor, mas não perco o tom porque apareço só no final da música, nem passo despercebida se estou cercada por outras vogais e consoantes – afinal, sou sempre clara no assim e no assado! Ou melhor, *quase* sempre... Admito que a proximidade de alguns parentes às vezes me sufoca um bocadinho. Quando as irmãs Ene e Eme me cercam, sempre sinto falta de ar, fico estranhamente cansada! Mas as duas me amam e isso me encanta, então, aguento calada. Só que a história complica mais ainda se o I entra na brincadeira e os três decidem me pendurar num andaime. É uma situação aflitiva! Nessas horas minha voz soa tão esquisita...

Acontece uma coisa parecida quando encontro com o Til. Ele é um antigo agregado da família, uma simpatia de sinal! E também é meu fã incondicional, pena ser meio tantã... Tenho por ele um carinho de mãe, mas, quando estou sozinha, é um exagero: no afã de me fazer companhia, o Til gruda como um ímã e me abafa tanto que fico instantaneamente fanha! Em compensação, tenho outra reação quando o Ó nos acompanha – juntos, formamos um trio que sempre provoca emoção, sensação, palpitação, paixão, no final é sempre uma explosão!

Então, vamos iniciar a sessão. Atenção, porque lá vem diversão, e também confusão e muita reclamação! Nossa, quanto ão... Peço perdão, mas é que não resisti à tentação de me fazer ouvir como um vulcão. Ai!

B

3. A bronca do Bê

Bah! Isso mesmo, e com bis para um baaaa-aaaaaaaah bem bravo! Sei que isso não é jeito de me apresentar, mas hoje vou botar a boca no trombone. Meu problema pode parecer banal, só que não é bem assim – acontece que ser o eterno Bê-de-bola me banaliza! E é batata: sou obrigado a ouvir esse mesmo blá-blá-blá toda vez que alguém pergunta por mim. Ô hábito besta! Na hora de me soletrar, as pessoas sempre acabam soltando essa baboseira bitolada! Se não for isso, só pode ser falta de vocabulário, ou qual é a explicação pra não ser lembrado como o Bê da beleza, da bonança, da beatitude e de todas as bênçãos? Meu fonema brilha em vocábulos belíssimos, mas vivo sendo reduzido ao básico do bê-á-bá, o óbvio Bê-de-bola!

Quando estou a fim de brincar, é outra história... Bato um bolão no basquete e no futebol, entro até no meio do rúgbi! Também dou minhas pedaladas na bicicleta, jogo boliche, distribuo abraços e dou beijinhos nas bochechas das bonecas. Se eu não estiver presente, não tem balada nem badalação, e não dá pra pedir bolo, brigadeiro, biscoito ou bombom sem lembrar de mim. Hmmm... Só de falar fico babando, com água na boca! Sou bonachão e me embaralho com outras letras numa boa – faço uma bagunça bem bolada dando barrigada no abdome do Dê! Sou o primeiro a mostrar a bandeira branca, embora também seja bom de briga: posso ser belicoso como um buldogue!

Mas não vim aqui pra esbravejar, absolutamente! Estou embevecido com esta celebração e gostaria de aproveitar o bochicho pra propor um basta ao Bê-de-bola. Que tal quebrar o tabu me apresentando como o Bê de... Bonitão? Ou Bê de bacana! Bê de bárbaro, quem sabe? São tantas possibilidades: Bê de bombástico, de borbulhante, de benemérito! Com menos sílabas posso ser o saboroso Bê-de-bala ou um Bê exibido berrando "bingo" ou... Ou... O quê?!? Estou biruta ou ouvi alguém aí dizendo "Bê-de-barata"? Mas que abuso! Acabo de perceber que a substituição pode vir a ser embaraçosa... Bom, se for pra ser Bê-de-bobo, de bocó ou de bode, abdico já do meu boicote! Imagine se um bordão desses cai na boca do povo?

Pensando bem... Ser o Bê-de-bola não é tão abominável assim. Bobagem minha embirrar com isso, não é mesmo? Além do mais, não é toda letra que tem um *slogan* tão... tão... Emblemático!

Ç

SS SC Ç ş ?!

4. As complicações do Cê

Caramba! Aceitei o convite pra participar deste encontro sem me dar conta das consequências... Com as letras falando assim, cada uma por si, vai dar encrenca na certa! A começar por mim: meu nome é Cê, as cartilhas comprovam, mas no boca a boca passo fácil, fácil pelo Esse, e isso às vezes complica a escrita. Não me parece possível encontrar uma cebola com Esse, mas tem quem empaque quando precisa diferenciar a sessão de cinema do ato de ceder alguma coisa, que também é uma cessão, né? Cruzes! A língua portuguesa é difícil à beça, tanto que apareço na palavra "acento", mas só descanso na cadeira, nunca num assento! Também estou na cesta de compras, só que nunca tiro uma sesta depois do almoço. É assim: eu e o Esse sempre suscitamos um clima de incerteza. Confirmo, porém, que sou eu quem abre o cinto e a cerca, além de piscar nos cílios e cantar com as cigarras. Sinto muito, sei que nada disso é simples! Só quem sabe dividir as sílabas entende por que eu e o Esse nos separamos na piscina, apesar de estarmos sempre juntos quando se fala nela...

Esse, Esse-Esse, Esse-Cê ou só Cê, socorro! Quantas faces parecidas! E nem mencionei a parceira Cedilha, essa vive me cutucando... Com ela, dou abraços, faço laço nos lenços, adoço o açúcar e desço até o fundo do poço. Essa nossa aliança provoca cada tropeço nas redações! É um caos, mas, colocando tudo na balança, chego à conclusão de que é fascinante ter todas essas possibilidades de ser pronunciado.

Falando em pronúncia, quase me esqueço: também sou acusado de me disfarçar de Ká quando componho sons com os camaradas A, Ó e U. É curioso, mas acho que, nesse caso, não provoco tanta confusão: a casa é sempre minha, pois o Ká só dá as caras em ocasiões excepcionais – no karaokê, por exemplo. Crise mesmo é quando me encaixo no Agá, *xiiiiiiiiiiii*, daí o Xis chia alto! Acontece que ele veste o xale, mas só o Ceagá pode abrir o chalé, providenciar o chinelo e se enrolar no cachecol. Cochichamos no mesmo tom, mas desconfio que o Xis se sinta rebaixado. É capaz, inclusive, de xingar a gente quando chegar a sua vez de falar... Posso até compreender, mas, sinceramente, acho que esse negócio de ficar criticando as outras letras é tolice. Se os sons coincidem, paciência!

Agora me calo e escuto, torcendo pra não receber críticas dos colegas. Já vi uns aí fazendo careta. Pra que ficar descontente? Em vez de reclamar dos nossos sons, às vezes tão parecidos, ofereço um maço de cravos cheirosos a todos os camaradas. E caso encerrado, certo?

D

5. A descoberta do Dê

O Bê que me desculpe, mas precisa fazer um drama desses só por causa da história da bola? Nada a ver! Comigo é diferente: eu a-do-ro ser conhecido como o Dê-de-dado – sou mesmo, é daí? Podia ser Dê de delícia ou de doidão, dá tudo na mesma! Acho que o Bê deveria agradecer, isso sim! Como eu, ele não se confunde com ninguém. Nesse sentido, somos privilegiados. Cada um de nós está associado a um único fonema, quer dizer, nosso ruído desperta imediatamente a imagem do nosso desenho – ele, um bumbum, e eu, uma barriguinha, um de cada lado! Danço com quem me convidar, me adapto às damas, aos desertos, aos dias, aos doces e às dunas, e ainda desponto na frente do dragão, do dreno, do drinque, do dromedário e... de um dru...? Droga! Cadê o "dru"? Dru... Dru... Druida! Não estou inventando, não! Pode olhar no dicionário: lá diz que "druida" era um sacerdote celta de grande influência política, uma dobradinha de educador e juiz. Concordo que esse achado não é lá muito falado, ainda assim é válido pra demonstrar a minha sonoridade.

Tenho uma personalidade determinada e me diferencio esteja onde estiver – todo mundo logo me vê no meio de qualquer ladeira ou no finalzinho das grandes avenidas. Pudera! Apareço a toda hora: no começo do dia, no final da tarde e pela madrugada adentro. Estou nos desígnios divinos, afinal, sou Dê de Deus! Mas entendo o drama de muitas das minhas comadres-letras... Dividir o próprio som é deveras desagradável e dá nisso: o Esse fica mordido quando o Xis se mete na vida dele de um modo extraordinário. É mesmo estranho e extravagante! Por outro lado, o próprio Esse se disfarça de Zê quando veste uma camisola... Não digo que eles estejam infringindo alguma lei, pois tudo isso está documentado nos tratados gramaticais, mas não deve ser nada divertida a vida de uma letra-dublê de corpo.

Se bem que...

De repente, estou vendo o outro lado dessa moeda... Éééé...! Acho que estou tendo uma grande ideia! Até que eu não me incomodaria de ter um duplo, digo, uma letra que, de vez em quando, desse uma de Dê, despertando dúvidas... Com esse expediente eu poderia dobrar a minha popularidade sem desvirtuar o meu DNA – que doideira! Diante de um som dúbio, quem ficasse desorientado logo iria querer saber: "*É com Dê-de-dado?*". Dê disso, Dê daquilo, Dê pra tudo, que demais!

Estou definitivamente convencido: desastre de verdade é ser pouco mencionado. E tenho dito!

E

6. E sem encrencas

Nem quero saber quem inventou essa besteira de que eu *teria* inveja do A. Que tremenda balela! Quer dizer que me aborreço porque ele sempre vem antes e aparece demais? Então contem: só nestas seis linhas, estou em quarenta e três lugares!

Se quisesse fazer uma exibição, seguiria me inserindo em nove de cada dez termos desta conversa sem nenhuma dificuldade. Mas não quero competir com ninguém. Afinal, estou aqui pra me divertir e não pra estressar!

Nada tenho a reivindicar. Eu até poderia encasquetar com o agudo que acentua o meu timbre, mas saboreio o meu cheiro no café, gosto de me ver no céu e tenho imenso prazer de ser sempre "é" na terceira pessoa do verbo ser. Em muitos casos, a gramática exige que eu use esse boné, e bem sei que, sem ele, muitas coisas simplesmente não dão pé. De todo jeito, sou sensível demais e minha voz também se altera quando fico perto de certas letras: mesmo sem acento, viro "é" quando estou na plateia, no anel da donzela, entre confetes e no meio das novas ideias.

Com o circunflexo, acontece a mesma coisa. Respeito o sabor que ele dá ao pêssego e sei o quanto preciso dele para jogar tênis. Mas esse chapéu não faz falta quando me vejo no espelho! Sigo sendo um E fechadão no momento do acerto de contas, e dou ordem de despejo a esse apêndice sem medo de afinar o meu tom – ou alguém imagina que dê pra sentir *médo*?

Enfim, comigo não tem erro. Todos me escutam bem se venho antes, entre ou depois de qualquer outra letra. Tão bem que, às vezes, as pessoas até engolem o meu amigo I na pressa de marcar o *cabelerero** ou de fazer um sanduíche com a língua portuguesa, pedindo pra caprichar no *quejo** e na *mantega**. Sei que ele se entristece com isso, mas espero que não me culpe! Eu também poderia ficar meio assim quando ouço alguém dizendo *azuleijo** ou *carangueijo**. Sinceramente, eu não me chateio com o I – tenho certeza de que ele não tem nada a ver com essas gafes.

Entrementes (vejam que expressão sublime, quatro eus de uma vez só!)... Então, como ia dizendo, ser E é uma beleza: estou no meio das estrelas, me repito nas mensagens de esperança e me triplico pela eternidade e pelos etcéteras. Só fico levemente ressabiado quando me substituem pelo &. Eu, hein? É muita cara de pau fazer o comercial usando a minha voz!

(cabeleireiro, queijo, manteiga, azulejo, caranguejo)

F

7. Efe, o feliz

Ora, façam-me o favor! Esta festa tem tudo para ser fabulosa, não vamos transformar a farra do senhor Alfabeto num fracasso. Confesso que achei muito feio o A ficar dando uma de "sou o primeiro" – afinal, somos um time ou pífios grafemas enfileirados em ordem alfabética? E por falar em time, o Bê-bom-de-bola se esqueceu de mencionar que o futebol só começa quando EU apareço. E o Cê falando das caretas de uns e outros? Francamente, achei o fim da picada. Façam como eu, que sempre trago flores! O Dê não ofendeu ninguém, felizmente, já o E... Que fiasco! Alfinetar o circunflexo, que já anda tão fora de moda... Só pode ser falta de assunto!

Faço figas para que esta efeméride não vire um forrobodó e aproveito a frase pra dar meu recado com ênfase: vamos facilitar as coisas! Somos filhos da mesma família, é fatal que alguns dos nossos fonemas se pareçam – mas isso lá é motivo pra tanto fuzuê? A folia mal começou e já vieram fofocar que o Pê e o Agá ainda guardam mágoas do tempo em que viviam juntos na minha *pharmacia*. Não botei fé e torço pra que essa informação seja falsa, mesmo sabendo que onde tem fumaça costuma ter fogo... Se alguém forçar a barra desse jeito, também vou me enfezar! Ou pensam que não é aflitivo ouvir a palavra "vaca" quando, de fato, a pessoa está querendo afiar uma "faca"? Acontece que nunca encarei esse tipo de coisa como uma afronta pessoal! Só faltava essa: culpar o Vê por um problema de fala... Neste caso, fundamental é conferir o problema com um bom fonoaudiólogo!

Tenho afeição por todas as letras, quero mesmo é confraternizar! Não é pra menos que a felicidade começa comigo, assim como tudo o que é frágil ou forte. Acho formidável vir na frente, mesmo que seja para nomear alguma coisa feia. Faz parte, né? Também sei apreciar a beleza de me transformar no "*fiu-fiu*" que diz tudo num assobio! Flerto com outras consoantes formando muitas palavras formosas: com o Erre, meu som flui com frescor; e com o Éle, flutuo na melodia de uma flauta. Sou sempre afinado e funciono até no final, soando fofo no "*puf*"! Enfim, ser Efe é fascinante!

Portanto, vamos deixar de firulas e desfrutar desta fábula com alegria. Menos fuxico e mais fantasia! Prefiro dançar com o som que faço no forró e no funk a futricar com fulanos e sicranos. Até porque levo o velho ditado ao pé da minha letra: o feitiço sempre vira contra o feiticeiro...

J

8. Gê, o amigão da galera

Agora que chegou a minha vez, engasguei! Não estava imaginando que esse nosso agito poderia virar uma grande guerra de egos... Estou enganado ou o Cê aproveitou pra pegar no pé do Esse-Esse assim como quem não está ligando pra nada? E ainda resmungou da Cedilha! Até o A, que sempre é um *gentleman*, deu um chega pra lá nas colegas Eme e Ene. Com elegância, mas deu! O que é isso? Briga de gangues? E a galera está arranjando cada argumento de tirar o fôlego!

Só espero que o Jota não engrosse comigo. Sei que ele tem lá suas mágoas, mas o negócio é o seguinte: acho que é a maior gafe a gente ficar se engalfinhando por conta do Português. Às vezes, nosso som é igualzinho, mas isso tem a ver com a origem das palavras e as "bagunças" da ortografia... É pena o Jota pensar que é um ultraje e fazer jejum, indignado, só porque eu abro a geladeira. Que bobagem! Alguém aí confunde girafa com jiboia quando vai ao zoológico? Mesmo quando ficamos tão parecidos, temos gostos bem diferentes: na cozinha, por exemplo, ele faz manjar, canja, acarajé, tempera gostosuras com manjericão e enche o jarro com suco de laranja; eu só coloco o gelo. Pra quem gosta, jiló é com ele mesmo! Prefiro vagem, gema de ovo e abuso do meu sabor no gengibre. O fato é que toda vez que um de nós gruda no E ou no I é um enguiço – sou sempre gentil, porém ele se sente rejeitado e até dá pra entender: apesar do Jota poder viajar, sou eu quem embarca em todas as viagens.

Mas não vou me alongar nessa lenga-lenga... Legal é mostrar como me agrupo com a maior ginga em tantas palavras! Abro gaiolas, garrafas e grutas; brinco na gangorra e na roda-gigante; sou gostoso no glacê e na goiabada, gracioso nos gatos e nos gafanhotos; navego nas gôndolas e nas jangadas; apareço no gorro, no gibi e nas gírias engraçadas dos guris; sempre me envolvo com álgebra e geografia; e vivo me escutando nos gaguejos, nos gritos e nas gargalhadas.

Em geral, ser Gê é tão glorioso que nem ligo se tiver que ficar no meio de uma desgraça! Mas confesso que engasgo de leve quando me flagro num gnomo – não dá pra ignorar que fico meio gozado... De resto, sou uma letra pra lá de agradável! Acho que só não me engolem direito quando contenho glúten. Mesmo assim, precisa ser alérgico, né?

H₂O

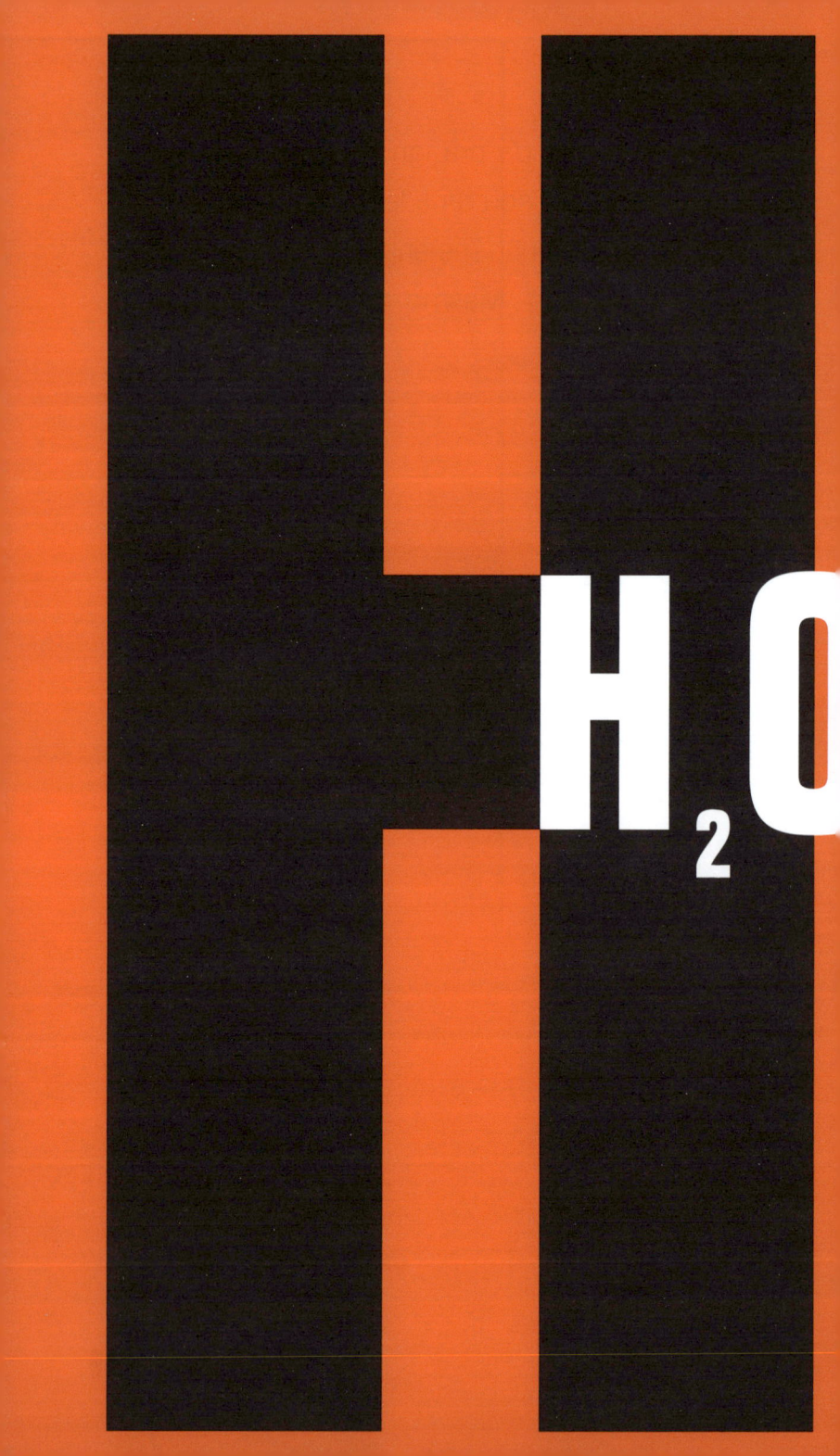

9. Agá e suas chateações

Eu devia ter lido meu horóscopo antes de aceitar o convite pra vir aqui. Essa história está mexendo com o meu humor! Não é de hoje que me sinto humilhado – é horrível não ter voz! Estou no hálito, mas não tenho cheiro, percebe? Acontece que as vogais me ignoram, e não há nada que eu possa fazer. Por isso, não tenho gosto no hambúrguer nem na hortelã; anuncio o horizonte que qualquer um pode ver, mas ninguém me ouve! Sou sempre o primeiro a entrar no harém, só que passo despercebido mesmo assim. Não solto nem um gemidinho mesmo quando levanto halteres de "trocentos" quilos. Haja paciência! Só eu sei o quanto sofro na companhia dessa quadrilha – é isso mesmo: qua-dri-lha! – composta pelos "colegas" A, E, I, O, U. Mesmo assim, convivo com o A em harmonia; sou heroico na frente do E; obedeço à hierarquia imposta pelo I; mantenho a honestidade e a humildade diante do O e do U. É difícil ser uma letra-espelho, mas, apesar de tudo, me sinto honrado desempenhando minha função e brilho quando me vejo por escrito! Pena é ter

41

que suportar aquela perguntinha habitual, sempre em tom de hesitação: "Será que é com Agá?". Hoje, sim; ontem, não!

Como tenho poucas chances de ser ouvido, topo fazer parcerias com o Ene e o Éle. É verdade que continuo quietinho, mas saboreio a minha influência: quando chego perto, eles ganham um tom diferente! É só ouvir o som das abelhas, das andorinhas, das ovelhas, das galinhas e dos gafanhotos. Tenho motivos pra ficar orgulhoso, não? Afinal, dou um molho especial a esses dois companheiros.

Também gosto de fazer dupla com o Cê, só que, juntos, atrapalhamos um pouco a vida do Xis. Sei que ele se avexa porque perde o lugar na mochila, fica sem o chaveiro e não pode usar um chinelo, mas, é como dizem: debaixo da chuva não há como não se molhar, certo? Devemos obedecer (sem Agá!) as ordens (de novo...) da Senhora Gramática!

Não me incomodo de ser uma espécie de hotel recebendo letras-hóspedes que vão e vêm. É meio impessoal, mas já me habituei... Pior é ficar com sotaque de Erre por causa dos estrangeiros que habitam nossos dicionários! Isso sempre acontece quando estou com os *hippies*, os *hamsters* e no *happy end*. Argh!

Apesar de tudo, tenho momentos maravilhosos. Sou a letra que distingue os homens comuns do Homem com Agá maiúsculo! E, convenhamos, não há nada melhor do que ser puro e cristalino como a água e só eu posso ser H_2O.

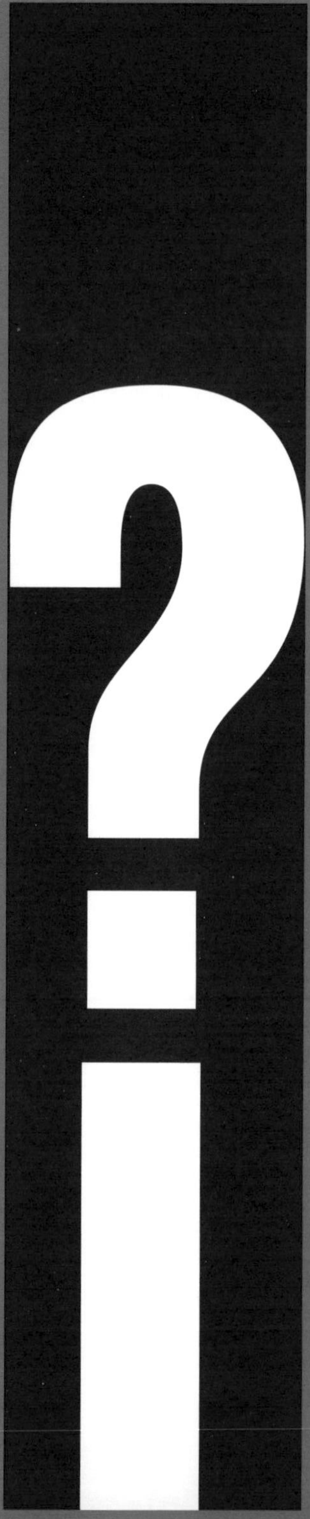

10. A investigação do I

Não sei o que o Jota pensa sobre isso, mas eu tenho mil dúvidas sobre a utilidade desse pontinho que paira sobre nós. Na minha humilde opinião, o pingo é um simples acessório visual, não me enriquece e só polui minha escrita cursiva, mais ainda quando me repito com insistência: é irritante não existir sem esse sinal indispensável! É possível que alguém venha dizer que sou fininho, fácil de confundir quando a letra é ilegível, mas o Tê e o Vê também são magros e nada respinga sobre a imagem deles. Bem, agora estou tergiversando... O que importa é afirmar que o pingo não apita no meu som: a prova é que não sou menos I quando fico maiúsculo, situação em que dispenso esse intrometido. Indiscutível, não? Com o tracinho-acento eu não implico porque ele muda o ritmo das palavras de forma ímpar e todos percebem isso muitíssimo bem. Aí, sim, faz sentido! Além disso, ele elimina o dito-cujo...

Quando deram sumiço no trema, sonhei que poderia me livrar *dele* também. Mas que nada – taí o pinguim, que não me deixa mentir! Acho que ninguém cogitou dar fim no bendito pingo, esse cisco que me incomoda em todos os idiomas desde o século 14. É o que dizem! Andei investigando a minha linhagem e descobri antigos ancestrais do meu som nos papiros egípcios: eu me chamava *yod* e meu hieróglifo era representado pelo desenho de uma mão dobrada sobre o pulso. Com o tempo fui virando uma espécie de zigue-zague, até que os gregos decidiram me simplificar – daí fiquei retinho e passei a ser chamado de *iota*, mas o pingo ainda não tinha entrado na minha história. Parece que foi algum calígrafo gótico que decidiu inventar esse sinalzinho pra "facilitar" a leitura. Enfim, o pingo não tem registro de nascimento, mas desconfio que eu esteja irremediavelmente ligado a ele.

Já com o Jota não é bem assim. Seu pingo, igualmente jurássico, continua impresso quando o jacaré é notícia de jornal, na lápide que avisa quem lá jaz, no cartão da joalheria e nas jornadas dos heróis de todos os livros. Mas nem sempre ele vem junto com as juras de amor escritas no bilhete ou em cima da jabuticaba da lista de compras da feira... Comigo é diferente: as pessoas vão me pingando em todas as linhas, é automático! Não escapo de nenhum caderno de caligrafia! Além do mais, ninguém diz: "Vamos colocar os pingos nos jotas"... É sempre assim: na hora de explicar as coisas tim-tim por tim-tim, cai tudo na minha cabeça!

j

11. Os gorjeios do jovem Jota

Jamais tinha parado pra pensar nessa história do pingo... Mas discordo do I! Não faço nenhuma objeção e até fico lisonjeado quando a pessoa capricha na caligrafia e faz questão de colocar esse pontinho que é um sinal de nascença, como as pintas de uma joaninha! Ou será que eu deveria me sentir injuriado por ser pingado só quando me digitam? Seja lá como for, juro que não perco o juízo por causa disso.

De todo jeito, não é o pinguinho ou a falta dele que me deixa meio jururu. Já que o Gê tocou no assunto, também vou despejar tudo o que penso! Sendo bem objetivo: acho que o colega joga sujo quando entra com tudo na geleia e me deixa só com um ou outro saborzinho, tipo maracujá ou caju. O Gê vem com essa conversinha singela, mas bem que ele aproveitou pra me jogar na sarjeta, e ainda ficou se regozijando às custas do meu fonema, isso sim! O pior é que ele pode... De que me vale dar o tom se, no papel, sempre é o Gê quem manda no colégio e no quartel-general? Por escrito, só mesmo a beringela suporta ser também berinjela – nesse caso raro, o registro fica ao gosto de cada freguês... No mais, o Gê age como um gatuno e não perde a chance de garfar meu lugar, nem que seja pra se ajeitar no meio da ferrugem. A ironia é que sou eu quem acaba enferrujando! É uma situação ingrata: ele entra na conversa e vai adjetivando o meu jacaré e o meu jaguar como selvagens... Quando vejo, lá está ele, todo brejeiro, sempre posando de genial enquanto eu tenho que me contentar em ser... jeca!

Mas não estou aqui pra dar o troco, aceito as gorjetas e, apesar dessas injustiças, não perco a majestade. Até porque o Gê não frequenta o *jet set*, não compõe *jingles*, não faz *jazz,* nem consegue usar um *jeans* com classe, como se fosse um traje a rigor! Ele conta vantagem porque é um tipo "garganta", mas, vejam, também sei soltar os meus gorjeios e garanto que o Gê morre de inveja porque só eu posso mandar beijos e aparecer com joias!

Apesar de tudo, somos letras da mesma família e às vezes também gracejamos juntas. Por isso desejo que o Gê e todas as minhas outras companheiras estejam sempre por perto pra podermos seguir em nossa jornada. Fui a última a chegar, mas o velho senhor Alfabeto Latino (que é justamente o pai do nosso anfitrião) me alojou imediatamente! É como se eu fosse o júnior da turma, o que, pra mim, não tem nada de pejorativo – vai ver até que é por isso que esbanjo tanta juventude!

K km

12. As queixas do Ká

Karos kamaradas! *Kero komemorar* este *akontecimento kom* uma *brinkadeira*, *kkkkk*. E *ke fike klaro*: não se trata de *provokação*! Nada tenho *kontra* os *kolegas* Cê e Quê, nem os *kulpo* por terem *okupado* meu posto em tantos alfabetos – nas línguas *românikas*, *kabem-me unikamente* os *kasos partikulares*, e este é um fato *konsumado* há *sékulos*! Nem por isso *perko* o humor, *kkkk*. *Inklusive*, sei *ke*, *aki*, *nunka provoko konfusões*, apesar de *kompartilharmos* – eu, o Cê e o Quê – do mesmo *eko* em tantas *okasiões*, *komo* todos podem *komprovar* lendo este texto em alto e bom som. *Kompreenderam* agora o *porkê* desta *troka maluka*?

Enfim, é divertido *brinkar kom* a *fonétika*, mas *konkordo ke*, *komigo*, a *eskrita fikaria*... *Komo dizer*?... *Eskisita*! Realmente não *kaio* bem no português, e isso é uma *konstatação*, não uma *keixa*! Pelo *kontrário*, *fikei eufóriko kom* minha *reinkorporação* à *Kasa* do senhor Alfabeto. Devo *konfessar*, porém, *ke* ainda não me *akostumei kom* algumas *koisas*... Há muito me *konformei kom* meu uso

53

ekonômico – não me *inkomodo* de abreviar os quilômetros, os quilogramas e os quilowatts, muito mais conhecidos, *respektivamente*, *komo* Km, Kg e Kw. Também *fiko* lisonjeado por ser usado com *frekuência* em nomes próprios *komo* Franklyn e Kelly, além das Karinas, Kátias, Karens e, de vez em *kuando*, até nos Kauês, entre muitos outros *ke* fazem *kestão* de marcar minha presença nos *kartórios*. Também não sou *kapaz* de expressar todo o orgulho *ke* sinto *kuando* um *krake* como Ricardo Izecson dos Santos Leite faz *kestão* de ser simplesmente "Kaká" – não é *enkantador*?

Bem, agora vou falar sério: entendo que, por aqui, só me caibam palavras estrangeiras. Mas, poxa, até nessas eu ando perdendo a vez... Não quero entrar na quitanda, mas não me tirem também o kiwi! Qual não foi a minha surpresa ao encontrar um "quiuí" aportuguesado no dicionário e descobrir que virei facultativo! Isso mesmo: não tenho mais exclusividade na *kitchenette*, pois o Quê também pode estar na mesma quitinete! Acreditam que ele se infiltrou até no meio dos meus viquingues? Já se admite que o Cê corra de carte, cante no caraoquê e faça poesia em forma de haicai. Ainda não mudaram o gosto do meu ketchup; não disputam meu *know-how* no kung-fu, nem se atrevem a me substituir nos kits de primeiros socorros, mas estou vendo a hora em que serei trocado até nessas palavras.

Ok, paciência! Não vou chorar pelo passado. Prefiro olhar para o futuro! Pois ainda sou eu, e apenas eu, em todos os *links*, e ninguém além de mim pode abrir a Wikipedia. Quem duvidar que me aguarde: ainda vou dar muito o que falar com o WikiLeaks, *kkkk*.

LUZ

13. A lábia do Éle

Salve, salve, pessoal! Estou me deliciando com o festival das letras – mil revelações e lindas reflexões, incluindo algumas lorotas, é claro! Mas tudo isso é natural. Só que, infelizmente, as colegas estão se lamentando demais, o que é lastimável... Fico aflito com tanta reclamação! Todas as letras têm um papel fundamental, cada qual com seu linguajar e, principalmente, com um lugar insubstituível, aqui ou acolá, em cada palavra. Qual é o problema se, eventualmente, nossos sons se alteram por influência desta ou daquela colega? Falo por mim: quando me dá na telha, colo no Agá e me deleito fazendo bolhas e jogando baralho. Não tem galho! Acho até legal quando o meu lé se junta com outros crés. Além do mais, é inútil tanta tagarelice sobre qualidades e fragilidades! Tem letra que se sente "da elite"!? *Heello*!!!! Vale um lembrete: solitárias, só valemos pra desfilar caladas pela casa do senhor Alfabeto! Dentro dele sou simplesmente Éle, é lógico! Mas, bem... De vez em quando também me isolo numa ilha – quando abrevio "litro", por exemplo. Melhor, porém, é me mesclar com todos, do A ao Zê! Como um legítimo Éle me lanço no anzol, chacoalho no liquidificador, ilumino a Lua lá longe, toco flauta e violino, entro nas salas de aula, inicio leitores na literatura, faço a lição e lavo a louça. Lúdico é estar nas lagoas e na Via Láctea, nos labirintos da alma e na luz da lâmpada, no comercial de televisão, no gol do futebol, na alegria e nas lágrimas. E não estou blefando! Gosto realmente de me multiplicar em milhares de sons, ser audível no singular e no plural. Minha versatilidade não é admirável?

A realidade é que algumas letras estão fazendo muita balbúrdia por nada. O lance é pegar leve! Afinal, eu também poderia ficar com a pulga atrás da orelha por causa do U, mas sou equilibrado. Sei que ele não é mau sujeito. Aliás, nem posso culpá-lo pelo mal-estar de ouvir alguém pedindo o sa*u*, por exemplo. Chega a ser aviltante! Só não perco a calma porque o pessoal geralmente sabe que sou eu quem está no saleiro... Minha conclusão é simples: as letras têm que aprender a lidar com as sutilezas da fala.

Essencial é ser lembrada como música toda vez que cantarolam *lá-lá-lári-lá*! É um luxo me ouvir nos chilreios de um pardal e, volta e meia, na fala de quem me alonga com clareza no final, enaltecendo o meu fonema de forma *sensívelll*, *notávelll e aprazívelll*! Quando a língua me enrola assim, nossa, é a realização *totallllllllll*!

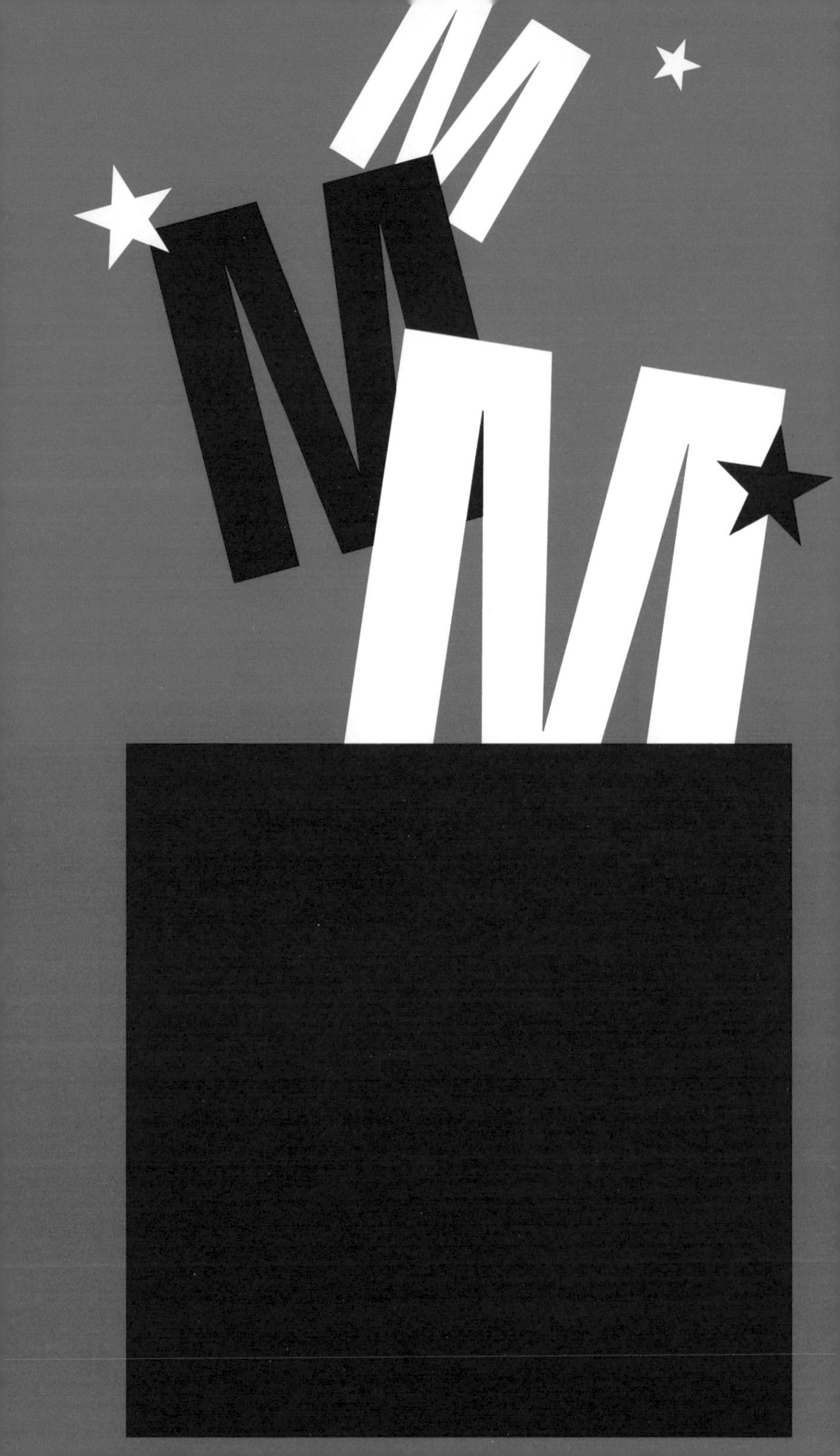

14. Eme: mais e melhor é com ele mesmo!

Meus amigos, mas que muvuca! Pra que tanto mexerico e maledicência? Vamos mudar imediatamente o tom deste acontecimento tão marcante, porque no meio de tanta manha estou achando complicado manifestar meu contentamento... E se esse meu começo saiu assim todo rimado, me desculpem! Quis mesmo imitar as letras que também demonstraram seus inúmeros empregos, mas interrompo a missa neste exato momento: não vou embarcar nessa maré de megalomania que parece ter contaminado meus companheiros. E tem mais: se for pra dar uma de maioral, prefiro me repetir comemorando!

Estaria mentindo se dissesse que não fico emocionado quando me vejo à frente do Mundo, de tudo o que é Magistral e Magnífico, apresentando a Música, a Mágica, o Milagre e mil outras coisas Maravilhosas. É tão bom se sentir Maiúsculo! Nem por isso amaldiçoo ser também o primeiro dos miseráveis, dos macabros, dos mendigos e de mais um montão de termos nada empolgantes – não é medonho chamar mulher feia de mocreia? Que maldade! Mas nada disso importa se estou cumprindo o meu compromisso com a linguagem. Moral da história: estar sempre com a mamãe é maravilhoso, porém não me omito diante de uma madrasta. Acima de tudo, sou sempre um Eme, para o Bem e para o Mal. E quanto mais vezes falarem meu nome, melhor – esse é o meu lema!

Ocupo o meu lugar com pompa e cerimônia sempre que o idioma permite. Amo me intrometer entre as vogais, com imaginação, como se estivesse no lombo de um dromedário! Também estou acostumado a suceder algumas consoantes: admiro meu som quando o Dê emudece, entro na alma do Éle, me sinto em harmonia seguindo o Erre e não ligo de parecer desmiolado depois do Esse. Modéstia à parte, comigo o Gê fica bem mais enigmático! Mas sem dúvida sou muito mais próximo do Bê e do Pê, pois obrigatoriamente estamos juntos dando trombada e fazendo samba, recheando empadas e acendendo lâmpadas. Enfim, tocando a campainha ou um bumbo, dou um alarme toda vez que esses dois compadres aparecem. Excepcionalmente, apareço na frente do Ene – ocorre que, embora seja muito mais lembrado pela minha memória, também costumo ter meus momentos de amnésia...

Ser exclamado uma vez já é bom, mas duas, é memorável! Sintam como meu fonema movimenta a mímica, o rei momo e até uma múmia. Não é o máximo? Gosto de mordomia, porém não reclamo se tiver que entrar em campo com uma missão, digamos, "menor", servindo apenas pra mudar o som do A como uma espécie de... tampa! Vamos combinar: isso não desmerece ninguém!

N

15. As tensões do Ene

Não é por nada, não, mas senti que o Eme terminou a conversa dando uma indireta, né? Antes de responder, já vou dizendo que convivemos no mesmo mundo numa boa! Nem sei quantas palavras nos reúnem, a lista é imensa: nuvem e montanha, morango e melancia, número e mensagem, namoro e casamento, manteiga e margarina, a todo momento e em todas as semanas... Estamos juntos em tantos assuntos e nomes, até na hora de mencionar os fonemas! E por falar nisso, volto ao início: inúmeras vezes eu e o Eme indicamos a nasalização das vogais que nos antecedem. Sou obedieñte e dañço coñforme a líñgua, mas tenho a señsação de que acoñtece muito mais comigo do que com o Eme... Teñto eñtrar na oñda e vou fuñdo veñdo a bañda passar, mas confesso que esse negócio de viver fañho às vezes me dá nos nervos! Só cañto de nariz eñtupido, parece um mañtra! Já não basta agueñtar esse mesmo nhe-nhe-nhem por causa do Agá? Não que eu desdenhe a sua companhia, mas tenho de me aceitar com um sabor diferente no nhoque de inhame, na cozinha e no banheiro, com as galinhas e os gafanhotos, no dorminhoco que sonha, no ninho do passarinho e em todos os diminutivos fofinhos. Quando o Agá me emaranha, viro enfadonho e faço manha, mas também fico contente porque, graças a mim, ele deixa de ser neutro. E, unidos, podemos contar pelo menos uma vantagem: nenhuma outra letra produz um som semelhante ao do nosso grunhido.

Apesar desses transtornos, não me sinto "menor" como o Eme insinuou e por isso não vou insistir nessa novela. Sou nasal por natureza, mas esse som também tem nuances e encantos que não menosprezo! Notem a minha presença marcante na neblina, não é uma lindeza? Neste encontro tão singular que o Senhor Alfabeto nos proporciona hoje prefiro apresentar o meu lado narcisista (quem não tem?), listando sons indispensáveis que enaltecem a minha ressonância! Sou cristalino nas canções de ninar, anuncio os nascimentos, chamo a narrativa e tenho a honra de enlaçar os noivos. Posso ser luminoso em neon, branco como a neve ou negro como a noite. Sou necessário a tudo o que é extraordinário e também entoo a monotonia – afinal, navegar em todas as circunstâncias é preciso!

Mas tenho as minhas neuroses... Ser constantemente mencionado no negativo me entristece: sou o Ene de nunca, nada e de jeito nenhum! É normal, eu sei, mas parece até que sou do contra só porque vivo dizendo "não".

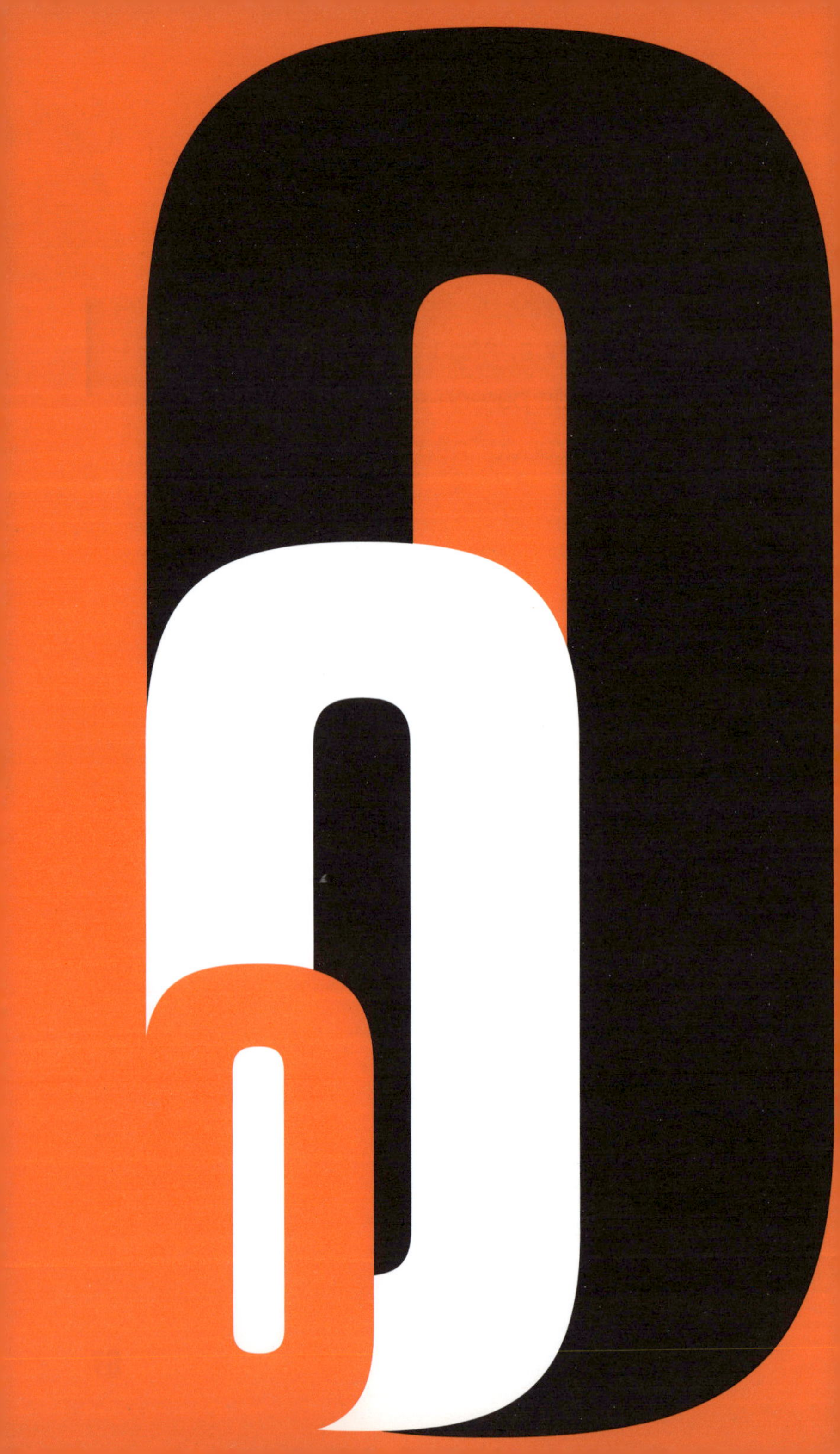

16. As homenagens do Ó

Ops! Chegou a minha vez? Ó céus, não sei bem o que dizer... Tenho mesmo que me pronunciar? Confesso que fiquei um pouco borocoxô depois de ouvir tanto resmungo. Ao contrário de outros convidados, não estou interessado em provar que sou o máximo. É claro que me orgulho do meu som, mas sou tão entoado, e de tantos modos, que volta e meia chego a ficar com enjoo...

Honestamente: quando o senhor Alfabeto nos convocou, logo pensei em aproveitar o ensejo pra prestar uma homenagem a todos os colegas, incluindo os acentos que modificam a minha voz e me associam a tantas sonoridades melodiosas! Como é bom me provar com outros sons! Com o Agudo, por exemplo, revelo meu lado mais dócil, ecoando nos forrós e nos cafundós; sob seu domínio, jogo dominó e dou ponto com nó. Também é ótimo contar com ele pra falar a mesma coisa de outro modo: sozinho, não preciso do Agudo, mas sem ele é impossível ficar completamente só! E o Til, então? Entro na sua onda e me experimento de um jeito inédito fazendo saudações, multiplicando as emoções e saindo do meu tom normal pra fazer coro com os foliões. Já o Circunflexo costuma me deixar atônito: é um adendo importantíssimo, com poder de transformar o sentido do que está sendo dito. Não é espantoso como pareço doce no coco e fedido no cocô? Sem ele, sou um camelo; com ele, viro um camelô. Solitário, meço os passos em metros; com ele, percorro quilômetros nos subsolos a bordo do metrô. É tão bom conter todas essas vozes e soar ora como um barítono, ora como um soprano, ora como um tenor!

Suponho que muitas letras estejam cochichando pelos cantos, dizendo que não me incomodo com nada disso porque um Ó é sempre um Ó, redondo como o sol! Bom, não pretendo me opor a tal argumento – é obvio que todos me ouvem na hora em que chamo a vovó e também sabem que sou eu no colo do vovô. Mas pensam que me ofendo quando o U ocupa meu lugar coloquialmente na moringa, no poleiro ou num orangotango? De forma alguma! Essas e outras situações embaraçosas são ossos do nosso ofício! Fazer o quê? O povo nem sempre fala o que está escrito... Não podemos olvidar que somos meros operários! Isso mesmo: nós, as letras, somos – como dizer? – uma espécie de funcionários gráficos, subordinados às ordens dos sons. Eles é que nos colocam aqui ou acolá, e sorte de quem arranja emprego com mais de um dos nossos 34 patrões, os fonemas da Língua Portuguesa. E digo mais: pobre do Agá que não abocanha nem unzinho desses empregos...

Portanto, deixem de fricotes e idiotices. Hoje a festa é nossa e fica proibido bater boca no salão!

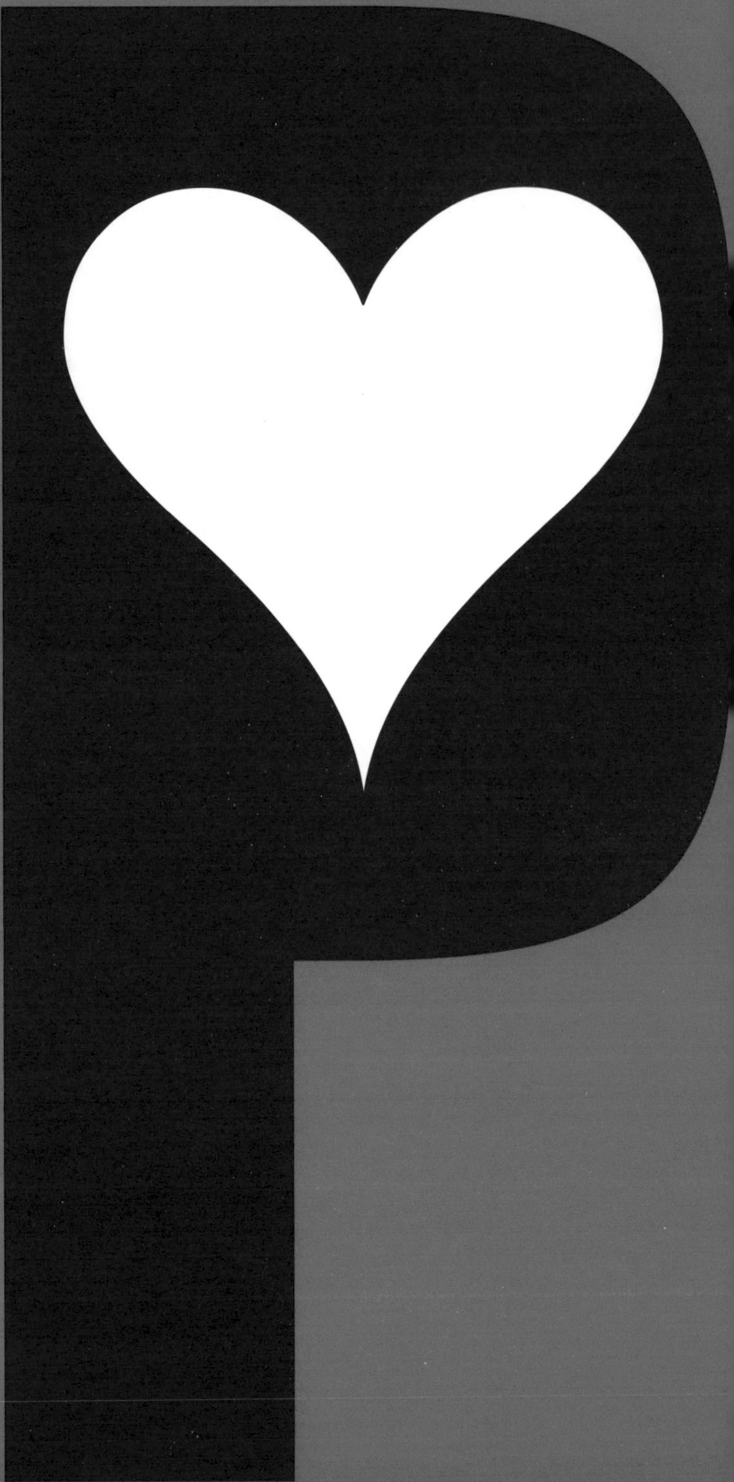
P

17. Pê e a paixão por si próprio

Pêeu pême pêapêmo! Ah, é uma pena que hoje em dia poucos pratiquem a língua do Pê... Antigamente era uma pândega, as pessoas tropeçavam logo nas primeiras palavras, e tinha até campeonato pra ver quem *pêconpêsepêguia pêfapêlar pêmais pêrápêpipêdo*! Mas isso faz parte do passado e não me preocupa, pois no presente sou pronunciado permanentemente e com precisão. Apesar de representar um único fonema, sou capaz de me perpetuar por páginas e páginas e nunca passo despercebido nos bate-papos. O prezado Ó que me desculpe, mas prefiro aproveitar esta parábola pra prestar uma homenagem à minha própria pessoa! Passo logo à prática provando que é possível prosear na minha língua do princípio ao fim. Prestem atenção ao próximo parágrafo:

A princesa parecia profundamente perturbada, pois seu pretendente não percebia o principal: profusão de presentes e pedras preciosas não provocariam a sua paixão! Passeando pelo pátio do palácio, perdida em seus pensamentos, a pobre Penélope planejou partir sem pedir permissão. Seu pai não a perdoaria, e seu prometido, perplexo, provavelmente não pararia de se perguntar sobre seu paradeiro. "Paciência" – pensou a princesa. "Prefiro o perigo à pasmaceira." Com pressa, pegou seus pertences e partiu precipitadamente à procura da paixão proibida, o primo paupérrimo que não era príncipe, mas prometia poesia e uma parceria palpitante.

Que improviso primoroso, pitoresco, supimpa! Nem preciso do pó de pirlimpimpim pra me transportar pelo país do Pê!!! Eu poderia me prolongar, mas paro por aqui porque não pretendo apimentar disputas e provocar picuinhas entre meus prezados companheiros. Sou o Pê da personalidade e do poder, mas também da ponderação: mesmo sendo importantíssimo e indispensável, sei perfeitamente que dependemos uns dos outros para produzir as palavras. Apesar disso... Perdoem-me, mas é que me sinto tão especial! Aprecio meu som até mesmo quando me pedem pra fazer silêncio com um potente *Psiu!*. Com todo o respeito pelos compadres aqui presentes, sou duplamente principal, e isto é ponto pacífico! Meu papel é primordial no patati e no patatá e... Pombas! Peço desculpas por ver apenas meus pontos positivos, mas não posso evitar!

P.S.: será que padeço de complexo de superioridade e preciso procurar um psicólogo?

q

18. As questões do Quê

Quem dera não depender de ninguém pra me expressar! É uma quimera digna de Dom Quixote, eu sei. Mas, de vez em quando, penso na independência do Ká com seu exótico sabor de kiwi e queimo de inveja ao lembrar que seu ketchup só precisa da companhia de uma boa salsicha no cachorroquente! Já eu nunca posso oferecer queijo, quindim ou qualquer coisa sem a ajuda do U. Felizmente, nossa química é boa, ele me acompanha quietinho, sem interferir em nada... Nos tempos do trema, meu querido U ainda tinha algumas chances de ser eloquente, mas isso já virou passado... Não me queixo, mas bem que eu queria saber como é estar num quintal, subir até o quinto andar ou caminhar alguns quarteirões sem ter que levar esse inquilino sempre junto comigo. Enfim, as regras às vezes são esquisitas e o jeito é se adequar. Nós dois estamos unidos em quase tudo: se não estou equivocado, ele só não faz parte do meu Q.I., um raro momento-solo em que sou lembrado pela inteligência. No mais, não tenho como me esquecer dele – formamos parzinho nas quadrilhas das quermesses; posamos lado a lado em todos os quadros e frequentamos a mesma quitanda da esquina, onde os quiabos estão sempre fresquinhos! Somos tão íntimos que dormimos no mesmo quarto e sempre torcemos pelo mesmo time, já que ele não desgruda de mim nem no meio da arquibancada! Não há o que fazer, este é um requisito básico da minha existência!

Querelas à parte, quero registrar minha inquietação com o quiprocó que muitas letras estão fazendo aqui. A questão é que nossos sons se misturam, e qual é o problema? Isso só nos confere qualidade! É assim que enriquecemos a língua, sobrepondo nossas vozes em duplas, trios e quartetos melodiosos, tal e qual um arquiteto que muda a posição das quatro paredes para desenhar um quarto diferente!

Meu problema é de outro quilate... O que me apoquenta é viver à sombra da interrogação. Por que esse sinal vive me rondando???? Até parece que só estou interessado em saber quando, quanto, qual, o quê ou quem. Qual é?

B

19. O problema do Erre

Não quero parecer arrogante, mas minha sonoridade é de arrepiar! Meu ruído é brejeiro mesmo quando fico mais brando, entre vogais, como um amarelo meio aguado que surge nas aquarelas. Está na cara que isso não me desfavorece, ou alguém acha que é preciso se esforçar pra escutar o meu barulho? Reparem também na vibração que provoco quando crio sílabas com uma vogal e uma consoante. Fico incrível! A verdade é que nunca passo em branco, não dá pra ter crise! Boto pra quebrar com várias consoantes sendo bravo, discreto, dramático, franco, grave ou presunçoso. Sou mais vibrante ainda na guitarra e sempre que viro um dígrafo, enrolando o macarrão, empurrando carros, fazendo churrascos nos terraços dos arranha-céus ou disparando com uma bela arrancada no meio da corrida. Meu timbre é irresistível até nos pigarros e nos espirros, não tem erro! Parece até que tenho o nariz arrebitado quando pinto assim o meu autorretrato, mas ocorre que sou tão forte que, quando apareço em primeiro lugar, me propago como o *rrrugido* de um *rrrelâmpago*! Meu *rrrumor* faz eco nas *rrruas*, no *rrronco* do *rrrei* e no *rrriso* da *rrrainha*. Às vezes até arranho a garganta – frequentemente sou *rrrude* no início –, mas também posso ser tenro como um maracujá maduro. Resumindo: arraso em qualquer circunstância, até mesmo quando brinco de travar a língua brincando de me repetir em três tigres tristes e no raivoso rato roendo a roupa do rei de Roma, *rsrs*...

Minha performance oral é maravilhosa. Quer dizer, geralmente... Não gosto de rosnar sem razão, como fazem inúmeros dos respeitáveis colegas aqui presentes, porém reconheço que certas situações são embaraçosas e nem sempre tiro de letra. Serei breve e claro: respeito todas as pronúncias regionais, mas... Caramba! O sotaque caipira tradicionalmente me ignora sem fazer a menor cerimônia! *Qué dizê*, é *pió* que isso, porque muitas vezes desapareço do final pra acabar entrando no *finar* errado. Sei que não é nada pessoal, mas, pra mim, soa como rejeição, sabe? Por sorte, os cariocas me adoram e estendem meu som pelo ar no maior capricho – o *luarrr* a *brilharrr* sobre o *marrr* ronrona como um carinho para os meus ouvidos!

Na prática, é assim: pelo Brasil afora, uns me exageram e outros me tiram da conversa. E também tem... Arre! Agora que comecei vou até o fim: também tem uns casos extremos em que eu recomendaria um tratamento. Repito o que disse no princípio: sem querer parecer arrogante, preciso deixar registrado que é particularmente constrangedor ser *tlocado* pelo Éle. Nas *clianças*, ainda vá lá... Até que fica *englaçadinho*. Mas gente *glande* falando assim, argh! É um *ploblema*.

S?

C Ç SC X SÇ SS Z

20. Os disfarces do Esse

Por escrito, todos me reconhecem: sou sempre o mesmo sinal simpático e sinuoso como uma serpente. A confusão começa quando meu fonema aparece na cesta do Cê, no açougue da Cedilha, na piscina do Esse-Cê ou nas experiências e nas explicações do Xis. Ai, meus sais, que estresse! Como se isso não bastasse, muitas vezes preciso aparecer duas vezes pra assobiar com o som que se espera de um Esse – acontece até mesmo quando apresento meu próprio nome! Pensam que gosto de suscitar tantas dúvidas? Sei que as pessoas padecem pra me decifrar porque ora meu som está no assim-assado do Esse-Esse, ora se entrelaça nos braços da Cedilha ou encara o Cê face a face. A bagunça cresce ainda mais quando viro um adolescente indisciplinado que se encosta no Cê. E tem quem simplesmente esquece que só desço escadas na companhia da Cedilha. Em suma: ser Esse é um sufoco.

Sinto muito se causo transtornos a todas essas letras... Mas, e eu, hein? Alguém já pensou no avesso dessa história? Quando me ouço chiando entre vogais, nunca sou apenas eu, um Esse simplesinho e solitário. Pra soar *assssssssssssssssssssssim* entre esses colegas não tenho outra solução a não ser me repetir, me associar ao Cê ou – suplício! – me submeter às ordens da Cedilha, que vive ordenando: cresça e apareça! São situações desconfortáveis: na hora do ditado nem sempre compareço na redação, mas me ouço disfarçado de Cê, de Cedilha ou de Xis – não é o máximo do acinte?

Suspeito que o Zê me acuse de ser uma intrusa, mas ele certamente não tem sensibilidade pra considerar o meu lado! Analisem comigo: justamente quando seria possível desfrutar de uma posição de destaque entre as benditas vogais, o que acontece? Deixo de ser Esse e viro Zê por osmose! Quero frisar que, segundo a minha tese, é o Zê que abusa de mim! A frase é minha, só que é ele quem diz! Aliás, esse "diz" é a prova da minha mudez! Eu é que deveria estrebuchar quando ele faz cara de infeliz e seduz até o juiz pra se apropriar da minha voz no final de tantas palavras!

Mesmo com toda essa sabotagem, não vou prosseguir com este sermão; afinal, também faço sucesso sem depender de ninguém! E minha síndrome de Esse-Esse some num passe de mágica quando estou entre consoantes e vogais: sem ter que dar bis, consigo ser intenso e desfruto dessa sensação com imensa satisfação! Tem mais: meu silvo se faz sentir, sonoro e soberano, em todos os plurais. Já seria suficiente, mas, além disso, minha suavidade é acentuada em todos os inícios: o mais simples dos sanduíches, assim como a mais sofisticada das sobremesas, sempre começa com sabor puro de *Esssssssssssse*. Sou sensacional, mesmo tendo que suportar esse Cê se intrometendo no meu sucesso, sempre disfarçado de Esse-Esse.

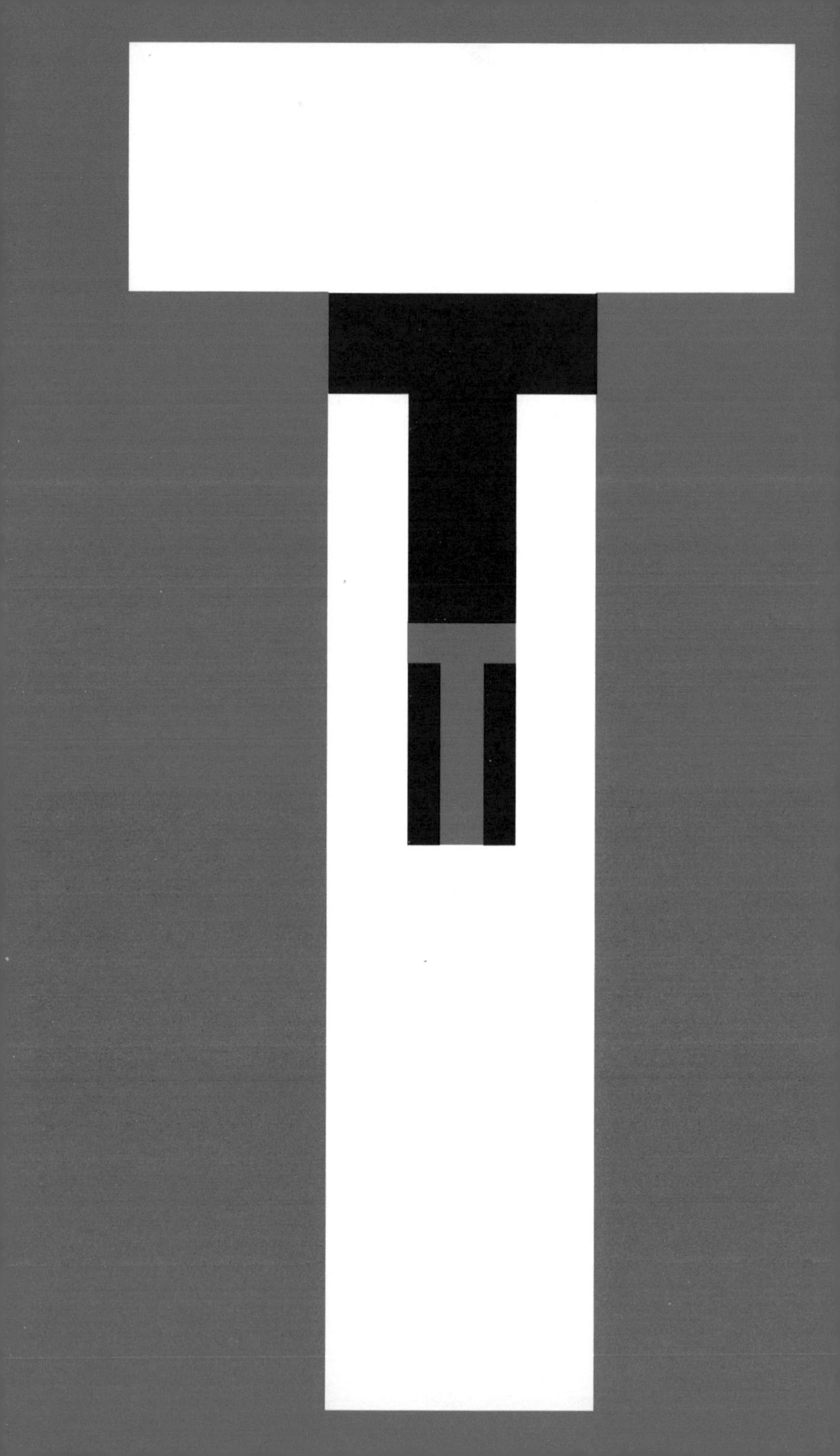

21. Tê totalmente sem traumas

Não me tomem por tantã! Acontece que não tenho motivos pra me atormentar, pois simplesmente não me sinto rejeitado como tantos outros. Ser Tê é tudo de bom. Meu fonema é forte, nenhuma outra letra tapeia o meu som e isto basta pra que eu me mantenha tranquilo! Não tomo parte do tira-teima que se instaurou aqui, mas entendo por que alguns dos meus colegas estão tão transtornados. Não se trata de tomar partido, nem teria cabimento! Contudo, é triste ver o coitado do Zê lutando para enfatizar sua participação na escrita ao mesmo tempo que cede a ênfase para o Esse. Não é terrível? Tenho certeza de que ele vai fazer algum comentário sobre isso... Outro extremamente afetado pela gramática é o Agá. Imagino como é torturante não representar nenhum fonema, ser um som inaudível na harpa, silencioso até mesmo quando entra num helicóptero. Quanta humilhação... Estar e não estar, eis a questão!

Tenho sorte. Ganho destaque no som tonitruante dos trovões, no tum-tum cristalino dos tambores, no discreto tique-taque dos relógios. Não existe festa nem espetáculo sem a minha presença, tampouco teatro, atores e atrizes talentosos. Dou o tom do *tête-à-tête* e faço o *trim* do telefone – não é à toa que estou na própria onomatopeia! Sei me repetir sem monotonia no texto, na tatuagem, sendo tetracampeão ou pontuando instantes de total tristeza. Participo de *insights* e, além de tudo, conto com um *it* natural, um tchã extra que me acrescenta um toque de classe, tipo um superávit... Aparentemente tão só, continuo no meu hábitat sendo um Tê inteiro, perceptível e totalmente integrado ao contexto.

Discordo do Erre e até acho divertido me experimentar com outros sotaques: fico muito alterado quando minha tia paulistana se encontra com a outra *txia*, que é carioca. É um ti-ti-ti e tanto, mas, apesar de serem tão diferentes, todo mundo entende as duas perfeitamente!

Em tese, meu timbre é notável, musical, insinuante. E, na prática, domino os diálogos com espontaneidade, *tá* certo? Não *tô* nem aí, nem me sinto menos culto, só aproveito esse meu jeitão informal pra ficar mais solto, à vontade! É que também sou versátil e sei ser terrivelmente coloquial quando me dá na telha, *tá* ligado?

22. As neuras do U

Dizem que sou sisudo, taciturno, obscuro. Já me acostumei a ouvir tudo isso e mais um pouco. O problema é que costumo surgir sempre que o clima fica soturno, nas paisagens lúgubres e nas cerimônias fúnebres. É ou não é pra deixar qualquer um no fundo do poço? Fico angustiado porque nunca escapo do último suspiro, sigo rumo ao túmulo (ou sepultura, como queiram), continuo durante o funeral e mergulho no luto. Não é o cúmulo? Parece que o mundo – não, o universo! – conspira com esse meu lado escuro, como se eu fosse uma espécie de arauto dos maus momentos... Às vezes penso que algum urubu pousou em um dos meus ombros porque são tantas as palavras que me fazem soar como um fundo musical triste... Estou sempre no meio de uma destruição!

Em outras circunstâncias vivo situações quase humilhantes. É que ocupo uma posição secundária ajudando o Gê e o Quê em tarefas corriqueiras como a de esquentar água ou quebrar um galho na fila do guichê. Sei que eles dependem muito de mim – o Quê ficaria mudo na minha ausência! Mesmo assim, não passo de um coadjuvante sem voz nas quermesses e sem gosto nos quitutes. Não tenho cheiro nem mesmo num queijo *roquefort*! Em suma, é ultrajante. Por isso, fiquei perturbadíssimo quando sumiram com o trema alegando que o pobre era inútil – que absurdo! O trema me distinguia com alguma frequência, e a consequência da ausência desses dois pontinhos é que voltei a ser uma letra-muleta, uma nulidade que ninguém pronuncia.

Por outro lado, às vezes me escuto no lugar do Éle. Não faço por ma*u*dade, acontece natura*u*mente e é comum me ouvir num papo coloquia*u* quando alguém está falando sobre um fi*u*me do *úu*timo festiva*u*... Porém não me iludo: no fundo, todos sabem que não sou eu quem faz barulho no final do carnaval. É por isso que o Éle nem retruca... Mas, cá entre nós, é fácil ser elegante e fazer a linha "acima do Bem e do Mal" porque sempre sou eu quem fica com a fama de mau.

Apesar de tudo, tenho meus trunfos. Não se esqueçam que estou incluído em muitos outros vocábulos reluzentes: brilho no ouro puro e sei ser suave sussurrando juras de amor. E, afinal, o céu só é azul porque eu também estou lá. Ufa!

W

23. A vantagem de ser Vê

Posso ser fluido como o vento ou duro como a verdade, mas sempre sou veemente e inconfundível. Com tantas vantagens, não tenho nada a reivindicar! Participo da aventura da escrita e da fala com muita versatilidade. Sabe como é: vice-versa é comigo mesmo! Não me importo de vir antes ou depois de ninguém, pois sou visto e ouvido na vaca vadiando na relva verde, estou visível em todos os eventos e meu vocal é invariavelmente viçoso. Dou vida às vocações e vibro toda vez que o vovô vê a uva. Não se trata de convencimento, pois, como se vê, sou óbvio mesmo depois de algumas consoantes: ressoo em todos os advérbios, sou evidente quando dou voz aos advogados, é verdadeiramente incrível como nenhum som me invade! Estou no princípio do verbo e viajo no vaivém das palavras, variando sem perder o vigor.

Compreendo que alguns colegas vociferem quando se ouvem em outras vozes. Cada um sabe de si e tem lá seus motivos para tentar subverter regras gramaticais que, às vezes, parecem mesmo inexplicáveis! É natural que o Zê fique revoltado embalando o voo do Esse nas asas do avião. Por sua vez, o Esse não deve ver com bons olhos o cisco que se escreve com Cê... Mas eu não me sinto vexado por nenhuma letra, aproveito a ventura de ter uma voz de veludo! Minha sonoridade é tão notável quanto a luz de um vaga-lume nas noites de verão. Deixo vestígios fortes mesmo se o volume estiver baixo, e não me importo se, vez ou outra, um desavisado me troca pelo Efe. Vejam: somos fonemas do mesmo grupo – os bilabiais fricativos –, o que eventualmente confunde quem tem problemas auditivos... Como o próprio Efe falou, uma visitinha ao fonoaudiólogo resolve!

Sou a letra que evoca tudo o que vem de voraz, de veloz e dou bis em vivacidade! Participo dos eventos festivos, não falto a nenhum aniversário, estou em todos os votos de feliz ano novo e no Vê de "vitória". Sou um privilegiado, e não é pra menos que a própria vaidade começa comigo.

Sem dúvida, não tenho por que me fazer de vítima. Só fico levemente apreensivo quando o verbete "óvni" é citado numa conversa ou num programa de televisão... E volta e meia essa palavrinha volta a ecoar como uma grande novidade! Via de regra, a coisa não vai pra frente porque o assunto soa sempre inverossímil, mas reconheço que óvnis me deixam vulnerável: sempre que alguém conta que viu um, logo me encolho um pouco e quase fico mudo.

WWW
W

24. Três vezes Dáblio

Sou especial. Sem querer desmerecer os colegas Ká e Ipsilon, talvez eu seja – como explicar? – *mais* especial. É que, modéstia à parte, sou o mais *pop* dos três. Apesar de, como eles, ter um quê de antigo e, *well*, às vezes soar meio pedante, também possuo um traço forte de modernidade. Vejam: não rejeito o passado e honro a tradição, continuo dançando *twist* sempre que alguém quer relembrar os velhos tempos. Mas, *well*, gosto mesmo é do ritmo veloz do twitter. A verdade é que não faço questão de ser lembrado pelos filmes do gênero *western*, onde sempre aparecia vestindo o *cowboy*! Aliás, essa figura ficou completamente fora de moda, virou caubói e até perdeu certo charme, com todo o respeito pelo sisudo Senhor U. Não é despeito, juro! Há casos em que o meu colega se encaixa muito bem – ele fica elegantíssimo, por exemplo, num suéter nacional e também recheia muito melhor os sanduíches. Não entro nesse tipo de disputa, *well*, não preciso disso. Alcancei um lugar de destaque sendo eu mesmo, um Dáblio puro, atualíssimo e cheio de personalidade. Há muito tempo deixei de ser visto como um mero duplo do Vê. Pois não é o meu som que ecoa em dose tripla cada vez que alguém soletra wwwpontocom?

Simples assim: estou sempre entre as novidades. Décadas atrás, revolucionei a rotina das donas de casa com meus *tupperwares*, e também mudei a paisagem das praias com minhas pranchas de *windsurf*. Hoje em dia sou imprescindível nos *downloads*, vivo na veia dos *workaholics* e dou show em *workshops* sobre os mais variados assuntos. Só não vê como sou antenado quem não me acompanha nos sons da *New Age* e nas ondas da *web*. *Well*... Preciso dizer mais?

WWW
W

X
CH

25. O chororô do Xis

Não quero me queixar, mas é chato ser confundido o tempo todo. Isso mexe com a autoestima da gente. Nem chilique eu posso me dar ao luxo de ter! A duplinha Ceagá chega antes e se coloca na frente sempre que pode, só pra chamar a atenção. Nossas vozes são idênticas, mas todos sabem quem é que serve o chá, assina o cheque, anuncia a chuva e faz chamego. O Ceagá é o dono da chácara, não posso chiar! Quando esses dois se aproximam eu perco o lugar num monte de palavras charmosas... Adianta estrebuchar? Meu consolo é que o Ceagá sempre precisa estar onde tem chulé! Não sou chorão, mas, poxa, é justo que eles sejam lembrados com champanhe, e eu, com xixi? Parece que os dois inspiram tudo o que é chique, enquanto eu fico só com os vexames. Sempre me colocam em xeque porque muitas vezes nosso som é igualzinho, tipo Xerox. Acho que só não sou uma letra em extinção porque vira e mexe me faço passar pelo Esse. Sei que é meio esdrúxulo, mas só assim consigo me expressar e me sinto um pouco menos explorado! O Esse não acha graça nenhuma nessa história e só não vem pedir explicação porque conhece meu temperamento – sabe que explosão é comigo mesmo!

O xis da questão é que essa bagunça também tem um lado bem excitante. Não quero puxar briga com ninguém, mas, sabe como é, também gosto de estar no texto quando tenho chance: sei que o Zê fica sentido de perder a vez no exercício e de não poder se alistar no exército, mas aproveito essas situações para exercer meu papel com exatidão. Além disso, tenho meus momentos de êxtase dentro do táxi sendo pronunciado como "ks", um som extravagante e exclusivo! Depois de me experimentar tantas vezes como Esse ou com cheiro de Ceagá, ou ainda exalando o perfume do Zê, causo perplexidade sendo o Xis que se diz como "ks" e assim se fixa nas axilas!

Xiiiiiiiiiii, agora estão achando que sou exibido? Que nada... No fundo, tanta explicação é só pra disfarçar o meu maior complexo. Ou pensam que não me exaspero por ser lembrado apenas nos casos de exceção?

Y

26. Ipsilon, o sofisticado

Essa turma cansou minha beleza! Será que eles não sabem que nada no universo é completamente *yin* nem totalmente *yang*? A filosofia chinesa ensina: todas as coisas se complementam e estão sempre em busca de equilíbrio – nossos sons também são assim! Eu não me incomodo nem um pouco de soar como o colega I. Afinal, aqui no Brasil ele me substitui muito bem no chantili e no náilon. Nossa relação é tão boa que não me irrito com sua presença ocupando o meu lugar no meu próprio nome! Nunca me incomodei, inclusive, com o descaso da língua portuguesa, mesmo tendo sido simplesmente ignorado durante tantos anos. Agora voltei oficialmente, mas a verdade é que sempre estive presente nos lugares certos – o uísque me expulsou dos dicionários, mas não dos rótulos de um verdadeiro *whisky*. Quem é observador sabe que continuei praticando a tradicional *hatha-yoga*, experimentando *yakisobas*, vestindo *yuppies*, treinando *rugby* ou inventando um novo *hobby* só pra me distrair. E tem mais:

nunca deixei um motoboy desacompanhado, estou sempre na garupa!

Mas é preciso reconhecer: não sou comum, e até gosto disso. Apareço nos momentos certos e nos nomes especiais, enfeitando Yasmins, Mays e Yaras, ou acrescentando um toque de classe aos Ruys, Yuris e Neys. Fazer o quê? Sou mesmo *very* sofisticado, *oh, yes*!

Z

27. A zanga do Zê

Dou a impressão de ser meio ranzinza porque meu zumbido muitas vezes soa com certa aspereza. Mas isso faz parte da minha natureza! Não tenho muitas chances de ser suave, e daí? Pra isso existem outras letras. Mesmo assim, confesso que, às vezes, me sinto um zé-ninguém, porque raramente tenho a honra de ser a primeira letra. Se os meus vizinhos mais próximos – especialmente o Xis e o Ipsilon – não ficam azucrinados com isso, bom pra eles. Eu bem que gostaria de não ser o último da fila do senhor Alfabeto, mas o que posso fazer se a lista foi organizada desse modo? Também não acho razoável vir sempre no finzinho dos dicionários... Só consigo uma vaguinha lá na frente por azar. É dureza! Fico zangado à beça, mas o que me deixa zureta de verdade é ser lembrado sempre no diminutivo, pobrezinho de mim!

Já estou acostumado a ser espezinhado. Eu poderia me extasiar ao me ouvir em termos exóticos como exílio, exaustão, exagero e muitos outros exemplos que o próprio Xis enumerou.

Mas ai de quem me escrever em qualquer dessas palavras num exame – só assim eu entro mesmo na história, e com a parte ruim, ou seja, uma nota zero!

Sou tão menosprezado que acabo zombando de mim mesmo, é um desastre! E desastre com Esse, claro, o que só aumenta a minha crise. Ô letrinha saliente! Não basta ser obrigatória em todos os plurais, será que ainda precisa infernizar a vida do Cê, da Cedilha e a minha? É um desaforo, tenho certeza de que o horroroso do Esse faz de propósito! E não adianta vir com essa lorota de que ele também sai no prejuízo! O caso é que o Esse rouba o meu lugar em casa, na mesa e em muitas coisas gostosas por causa de um monte de regras esquisitas. Fico zonzo tentando entender por que minha voz soa com outros grafemas... O Xis reclama com razão, mas comigo é um azougue: o Esse é tão ousado que entra até no que deveria ser o MEU desabafo! Em resumo, acho desprezível que o Esse pose de empresário se valendo do mesmo tom do meu zelador!

Por outro lado, também sou o Zê de zebra e entro em ação sempre que alguém pede o giz, joga xadrez ou conta até dez. É zás-trás: dou uma de Esse, me vingo e fico em paz!

Mas não pensem que sou só azedo. De vez em quando sei me apresentar com polidez. Quem disse que o Zê não combina com maciez?

Vinte e seis letras e nenhuma palavra?!?

Depois do Zê, o zum-zum-zum foi diminuindo: virou zum-zum, e depois só zum, e depois do depois sobrou um zzzzzzz baixinho que foi sumindo até que o mundo ficou em silêncio.

Recolhidos num canto da sala, os fonemas se calaram, aguardando uma convocação. Mas as letras agora estavam mudinhas, fazendo pose maiúscula com cara emburrada. E porque tinha ficado boquiaberto depois de ouvir tanta reclamação, o pobre senhor Alfabeto também estava mudo, só que de espanto! Atônito, olhava para as suas vinte e seis queridas letras à procura de um sinal que pudesse mudar o tom da festa.

Parecia que aquele silêncio não ia terminar nunca mais. Até que...

Finalmente alguém se manifestou! Fazendo jus à sua posição de "primeiro em tudo", o A achou que tinha a obrigação de tomar uma atitude e... Amoleceu! Na sua melhor forma cursiva, saiu rolando entre as letras, arredondado e simpático, até parar bem perto do Bê, quebrando o clima com o maior abraço. O Gê gostou tanto daquele gesto que quis fazer um agrado no Jota, e, com os olhos marejados de lágrimas, chegou bem juntinho e chamou os fonemas pra dizer que a glória era estar sempre ao lado dele, jogando o mesmo jogo!

Ao ouvir tudo isso, o Jota entrou em estado de júbilo! Ficou minúsculo e festejou, ejetando seu pingo para o alto na maior alegria, sem imaginar que o pontinho fosse parar justamente em cima do I! Imediatamente convencido de que aquilo era um sinal do destino, o I também se encolheu e deu uma piscadela típica de amigo íntimo para os pingos – o seu e o do Jota –, enquanto os dois saltitavam sobre ele, como bolinhas bem treinadas pelo seu malabarista. E o que parecia impossível simplesmente aconteceu quando o Esse deslizou pelo salão pra propor ao Zê que fizessem as pazes pra sempre. Tamanha surpresa fez o Xis soltar uma exclamação, e mexeu até com o U, que então saiu do seu lugar macambúzio pra urrar um sonoro UAU!

E assim o zzzzzzzz foi crescendo: virou zum, e depois zum-zum, e depois do depois um zum-zum-zum cada vez mais alto e tão animado que nunca mais parou de ecoar pelo mundo.

© Domingos Bernardino

Autora e obra

As letras e eu

Quando eu era pequena, as letras eram vermelhas e moravam em blocos de madeira que eu espalhava pelo chão com todos os meus brinquedos. Já na escola, descobri que elas também viviam em outros lugares: dormiam na casa do senhor Alfabeto e saíam para passear sempre que os sons apareciam, fazendo barulhos que mudavam conforme a palavra. Os primeiros ruídos que ouvi ecoaram da cartilha; não demorou muito e eu já escutava o que elas diziam nas placas das ruas, nos gibis e, algum tempo depois, nos livros. Virei jornalista e passei muitos anos conversando com as letras nos cadernos, nas máquinas de escrever e também nas telas de computador das redações onde trabalhei. Até que, um dia, elas começaram a contar histórias de bruxas, de bichos e de muitos personagens que hoje moram nos meus livros. Neste aqui, as próprias letras resolveram narrar as suas aventuras, e eu, como sempre, escutei, curiosa pra saber tudo o que elas tinham a dizer.

Silvana Tavano

Silvana Tavano escreveu Fala, bicho! (*Moderna*), Creuza em crise – 4 Histórias de uma bruxa atrapalhada, Encrencas da Creuza (*Companhia das Letrinhas*), Longe (*Globo*) e O lugar das coisas (*Callis*). *São desta última editora seus dois livros publicados em outros países*: Como começa, *na Coreia, no Japão e na Itália; e* Mistério do tempo, *na Argentina.*